百家村的這一家
菇寶寶美好的一天

故事概念：菜姨姨
繪　　圖：Chocolate Rain
文字處理：小西瓜
責任編輯：劉慧燕、黃稔茵
美術設計：張思婷
出　　版：新雅文化事業有限公司
香港英皇道499號北角工業大廈18樓
電話：(852) 2138 7998
傳真：(852) 2597 4003
網址：http://www.sunya.com.hk
電郵：marketing@sunya.com.hk
發　　行：香港聯合書刊物流有限公司
香港荃灣德士古道220-248號荃灣工業中心16樓
電話：(852) 2150 2100
傳真：(852) 2407 3062
電郵：info@suplogistics.com.hk
印　　刷：中華商務彩色印刷有限公司
香港新界大埔汀麗路36號
版　　次：二〇二二年六月初版

ISBN: 978-962-08-8060-5

18/F, North Point Industrial Building, 499 King's Road, Hong Kong
Published in Hong Kong, China
Printed in China

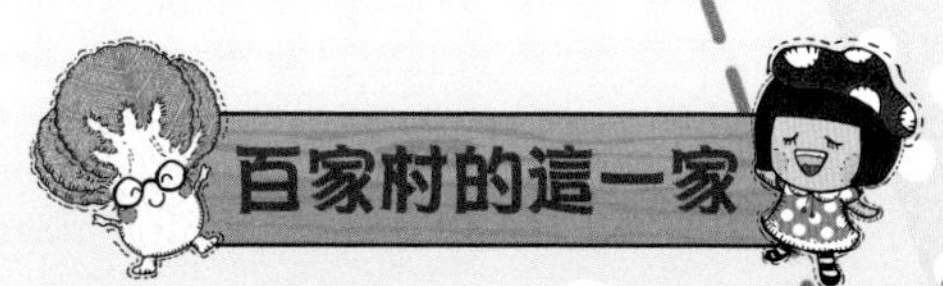

菇寶寶美好的一天

故事概念 菜姨姨
繪　　圖 Chocolate Rain

新雅文化事業有限公司
www.sunya.com.hk

贈序一

菜姨姨是香港第一代故事媽媽，熟悉兒童的心理和成長需要。過去逾二十年，菜姨姨擔當閱讀推手，走遍小學及幼稚園，運用不同的圖畫書開啟孩子的閱讀世界，打開親子共讀的大門。近年，她更愛上創作，作品都以輕鬆幽默的手法，為小讀者傳遞樂觀和正面訊息。她的最新創作——《百家村的這一家》系列共二冊，分別是《菇寶寶美好的一天》和《拯救田園大行動》，令人期待！我很榮幸能優先閱讀她的新作，並撰寫序言。

本系列圖畫書的亮點是邀得香港著名的設計師Chocolate Rain繪畫插圖！她以充滿幻想的創造力，獨特的風格，為故事角色：小菜菜、菠菜哥哥、法天娜、小廚和一眾蔬菜、動物村民朋友注入靈魂和生命，塑造出活潑鮮明的形象。同時，讓菜姨姨的故事活靈活現地展現在讀者眼前。

兩位創作人，分別以她們的鋼筆和畫筆為我們說故事……

故事以愛閱讀的小菜菜為其中一個主角，通過敘述她與朋友們的生活趣事，向兒童傳達熱愛閱讀、勤做運動、健康飲食、注重健康、減廢為寶等重要訊息。故事內容有趣、圖文並茂、製作精美。為了鼓勵小讀者實踐健康的生活模式，兩位創作者巧妙地通過文字和圖畫的配搭，提供實用的實踐建議。

兩冊作品以圖畫與文字互相補足，發展出獨特的藝術形式，令人耳目一新；讓讀者用眼睛看圖畫、耳朵聽故事，進入書中新奇妙趣的幻想世界。本系列作品的內容淺白，易於理解，十分適合兒童閱讀、親子共讀、說故事活動，或老師用作閱讀教學。本人誠意向各位推薦。

羅嘉怡

香港大學教育學院助理院長（知識交流）
教師教育及學習領導學部助理教授
雙學士學位課程總監

《獨家村的奇異宇宙》

兩位志同道合的創作人一起共創，感覺應該是：真的很興奮！弄得我也有點技癢……

話說《百家村的這一家》流入了《獨家村》這絕對禁止夢想與創作的多元宇宙，可以想像，它隨即爆紅全宇宙，所有孩子的創意都受到激發。《獨家村》的守衛當然十分緊張，馬上進行清理行動想把繪本全部銷毀。就在這時，《百家村》裏的人物忽然幻化成不同的超級英雄，從書中跳出，與守衛們大戰三百回合。菠菜哥哥化身Green齋人(Giant)，向守衛發射好味、有創意的健康素食，頓時令他們感動、改觀……

好了，還是到此為止，希望她們下次找我一起創作續集。哈哈！

會創作就是快樂

麥雅端是我中學小師妹，雖當年無緣認識，但近年相遇後，卻成了無所不談的朋友。大家都是從事創意創新的工作，骨子裏其實都有一點「獨家村」的性格，沉醉於自己創作的奇異宇宙中。或許「創作」的快樂亦都把我們從「獨家村」裏拉出來，重新加入「百家村」的社會。認識Prudence的朋友相信都會被她開朗爽直的性格所吸引，但我更欣賞她沒有因為被認同而拖着腳步，一直勇往直前地利用「創作」認識世界、探索自己。

創作需要留白，需要空間，我們都成長於別人不會有太高期望的屋邨學校，這樣反而給予我們個別發展的自由、一張任由塗鴉的潔白畫紙。藉此向啟蒙我們的校長和老師致敬，他們演示了教育最寶貴的價值。

會夢想就是幸福

生活在紛亂世界的父母，應如何讓孩子同時認識夢想與現實？「現實」給予生活的質感，而「夢想」創造生命的滿足。兩者兼備？談何容易。「說故事」可能就是一個跟孩子一起探索夢想與現實的好方法。姪兒剛滿三歲，吃飯時永遠嚷着：「講個故事吧！」然後爸媽就要天南地北、東拉西扯地馬上編織一個。偶爾見他獨處時，就總會跟布偶、玩具編故事，內容涵蓋生活瑣事、天馬行空的情節。

今天，社會已經太會教曉我們「現實」了，或許在孩子還是留白的階段，多點給他們講故事、種下「夢想」的因子吧！可能有一天他要獨自面對自己殘酷的現實時，這些夢想可以幻化成希望、正能量、幸福感，繼續守護他們。或最少，他們會回家，靠在你身旁，然後說：「講個故事吧！」

魏華星

香港社會創投基金創辦人

創作者心聲——菜姨姨

六年前到意大利波隆那童書展，竟遇上我最愛的香港本土設計師Chocolate Rain。嘩！不得了！當刻內心湧現他鄉遇故知的驚喜心情，難以言喻。短短數天，我們朝夕相對，十分投契，有講不完的話題，當中談論最多的就是如何讓世界變得更美麗。最後，我們決心要為孩子做點事。

兩個愛創作的人走在一起，靈感有如泉湧，而為孩子營造健康生活的環境是我們創作的重點。Chocolate Rain的拼布作品深入民心，要如何結合具拼布特色的繪畫和有趣的故事，帶出減廢為寶、愛護環境的訊息呢？怎樣透過共讀培養孩子喜愛閱讀的習慣，從閱讀中成長？於是，在《百家村的這一家》系列中，主角法天娜就請來愛說書的小菜菜推廣閱讀，還有菠菜哥哥及小廚，同心協力推廣健康生活模式。

為孩子選擇圖書是大人的責任，我覺得一本好書不只在於圖文並茂，還要具備互動元素。本系列除了有吸引的圖畫外，還帶出把故事延伸到實踐的重要概念。這是怎樣展現出來呢？答案就在書中！

以本系列的《菇寶寶美好的一天》為例，讀到小菜菜為菇寶寶講故事時，你有沒有留意手執一書講故事的魔力遠比玩平板電腦更吸引？再看深明運動對身心有益的菠菜哥哥如何帶領村民一起鬆肩拉筋，強身健體；小廚如何化繁為簡烹製健康食品，盡顯星級大廚的功力；還有法天娜如何把廚餘化腐朽為神奇，變成有用的環保清潔劑，你就會知道他們是百家村的最佳拍檔，陪伴讀者們一起實踐健康生活模式。

要實踐環保生活，不能單打獨鬥，而是要羣策羣力。本系列的另一冊《拯救田園大行動》的故事，除了融入關懷、節制、承擔、尊重、勇氣和保持信念的訊息之外，還培育孩子學會團結就是力量的精神。

《百家村的這一家》系列不只是兒童讀物，而是給大、小朋友共讀的藝術作品。來！一起打開書本，讓繽紛多彩的圖畫進入心靈，感受愉悅的氣氛，讓故事連繫彼此，擁抱真愛。

菜姨姨

創作者心聲——Chocolate Rain

人物介紹

小菜菜

愛閱讀，性格開朗陽光，愛笑愛發夢，是百家村的閱讀大使，積極舉辦「小菜讀書會」推廣閱讀風氣，透過故事宣揚健康、環保訊息。

法天娜

愛畫畫，關注環保，是百家村的村長。常常透過圖畫宣揚環保訊息，擅長轉廢為寶，相信只要付出小小的行動，就能使環境更加美好。

菠菜哥哥

愛運動，樂於助人，是百家村的運動教練。自創一套「強身健體操」，鼓勵大家參與運動，發揚體育精神。

小廚

營養專家，注重健康，相信「食物是良藥」，是百家村的星級大廚。他呼籲大家要重視飲食健康，讓生命更有活力。

美好的一天開始了。

「叮咚咚咚……叮咚咚咚……」是蘑菇媽媽的視像通話邀請。

「小菜菜，我有急事要出門一趟，今天可以麻煩你幫我照顧菇寶寶嗎？」蘑菇媽媽拜託道。

聽到蘑菇媽媽需要幫助，菠菜哥哥、法天娜和小廚也想一起出力。

「我們也可以幫忙嗎？」

「太好了，謝謝你們！」蘑菇媽媽感激地說。

蘑菇媽媽
視像通話中…
太好了，
謝謝你們！

他們來到了蘑菇家，
菇寶寶們十分開心。

平時，蘑菇媽媽會給菇寶寶們安排好一天的活動，
可現在媽媽不在，大家能做什麼呢？

一個個想法從他們的小腦袋裏冒了出來。

「我們來做點更有意思的事情吧！」小菜菜提議。

「什麼是更有意思的事情呢？」

菇寶寶們覺得沒什麼比看電視、玩遊戲、吃零食更有吸引力了。

小菜菜從書架上拿起一本書問大家：「想不想聽故事？」

一聽到有故事聽，菇寶寶們便忍不住圍在小菜菜身旁，把看電視拋在腦後了。

媽媽經常給
我們讀故事。
我最喜歡
聽故事了！
我還會自己
講故事呢。

小菜菜的聲音悅耳動聽，大家彷彿都走入了故事中。
法天娜和小廚也坐在菇寶寶們身後，入迷地聽了起來。

不知不覺，小菜菜讀過的書已經疊成了一座小山，可是菇寶寶們還嚷着要繼續。

菠菜哥哥說：「坐了這麼久，我們來活動一下吧！」

菇寶寶們說：「可是媽媽讓我們留在家裏，在屋子裏怎麼做運動呢？」

去浴室游泳嗎？
在牀上倒立！
把沙發當彈牀。

菠菜哥哥說：「其實，簡單的健身操就能幫我們活動身體，讓我來給你們示範一下吧。」

菇寶寶們不等菠菜哥哥示範，就自己手舞足蹈地動了起來。

我知道。
像這樣。
還有這樣。

「來來來，大家站成一排。」
菠菜哥哥站在最前面，示範起他自創的「強身健體操」。
菇寶寶們覺得菠菜哥哥的動作很有趣，不由自主地跟着學了起來。

1
第一式：
頭向下，左扭扭，右扭扭。

2
第二式：
向上拉，左彎彎，右彎彎。

3
第三式：
手叉腰，挺屁股，左右擺。

　　做完一整套健身操，菇寶寶們覺得全身充滿了力量，從內到外都暖暖的，十分舒暢。

咕嚕嚕……咕嚕嚕……是誰的肚子在叫？

小廚說：「不如吃些健康美味的茶點吧？」

可是媽媽不在，誰來做茶點呢？

菇寶寶們又發愁了……

「別擔心。」小廚說，「讓我們先找找看家裏有些什麼新鮮的食材吧？」

他們找到了一個蘋果、兩個梨子、還有幾個橙子。

姑寶寶們從冰箱裏找到了乳酪。

小廚決定：「做鮮果乳酪吧。」

削掉果皮，切切果肉。

水果的顏色真好看，水果的味道真清新。

「天然的食材加上對食物的熱愛，就能做出美味的料理。」小廚說。

菇寶寶們把切好的水果和乳酪混合在一起，輕輕攪拌。

鮮果乳酪做好了！

處理新鮮水果時剩下了許多果皮，法天娜將它們收集在一起，突然有了靈感。

「你怎麼不把它們丟掉呀？」菇寶寶們不解地問。

法天娜說：「它們看起來是廢棄物，但其實作用很大，我們可以轉廢為寶。」

「它們能做什麼呢？」菇寶寶們好奇極了。

「我們可以用這些果皮來做天然的酵素清潔劑。」

菇寶寶們驚訝極了，果皮也能變成清潔劑？他們還從未聽說過呢。

製作清潔劑的步驟非常簡單，材料也只需要用到果皮、醋和一個空瓶子。

「先將果皮撕成小塊裝入瓶中，再加入半瓶食醋，最後加滿水。」法天娜在一旁指導。

「接下來要耐
心等待28天，天然
的果皮清潔劑就做
好了。」

　　這真是精彩的一天，原來在家中也可以有這麼多樂趣。

傍晚時分，蘑菇媽媽回來了……

真是美好的一天！

體操時間

小朋友，還記得故事中提及的「強身健體操」嗎？這套健身操由菠菜哥哥自創，總共有七個招式，可活動身體不同的部位，舒展筋骨，增強體質。快來跟着菠菜哥哥和他的好友們一起做吧！

強身健體操

1

頭向下，左扭扭，右扭扭。

2

向上拉，左彎彎，右彎彎。

手叉腰，挺屁股，左右擺。

向下彎，再起身，望天空。

雙手合，高過頭，單腳站。

手向前，向下坐，深蹲123。

拍拍手，鬆一鬆，哈哈笑。

創作者簡介

故事概念：菜姨姨

原名蔡淑玲（Joyce Choi），鍾情繪本，熱愛閱讀，相信人生百味書中尋；相信優質的兒童圖書能守護赤子心；相信親子共讀是父母給孩子最好的生命禮物，因而大力推動親子閱讀廿多年，足跡遍及港澳兩地。更積極組織故事義工，主持爸媽讀書會，堅持終生學習，推廣學習型家庭，希望我們的世界會變得更美麗。

著作包括：繪本《菜園愛書》、《菜園繪本系列》（共五冊）；親子教養書籍《菜姨姨的書櫃——送給爸媽和孩子的禮物》、《不說道理，只說故事——菜姨姨親子共讀60招》和《親親孩子說故事 讀出關鍵品格》。

菜姨姨讀書會Facebook專頁：
http://www.facebook.com/readingchoiee

繪圖：Chocolate Rain

香港本地創作品牌 Chocolate Rain 由麥雅端 (Prudence Mak) 創辦。Prudence 於2008年獲香港青年設計才俊大獎獎學金，到倫敦中央聖馬丁設計學院修讀碩士課程；2010年入選香港十大傑出設計師；2012年榮列香港十大傑出青年；2017年榮獲Good Seed Award，成立社創企劃——香港的童話；同年，其合著作品《Chocolate Rain & Denice Wai 手繪親子食譜》獲頒香港出版雙年獎。

Chocolate Rain的世界住着一個布娃娃，名叫Fatina Dreams（法天娜）。她幻想自己擁有生命，可以利用想像力和神奇DIY，令地球變得更美好。法天娜喜愛循環再造，把舊有的事物變為新奇的創作。

下載親子食譜

熱愛烹飪的小廚精心設計了四款適合春、夏、秋、冬品嘗的美食。掃瞄二維碼（QR code），一起跟着食譜享受親子下廚樂吧！